MARC BROWN
LA FIESTA DE ARTURO

Traducido por Esther Sarfatti

LECTORUM
PUBLICATIONS, INC.
111 EIGHTH AVE., NEW YORK, NY 10011-5201

*Para los primos Katharine, Jonathan,
Hayley, Shea y Miles, con cariño.*

LA FIESTA DE ARTURO
Spanish translation copyright © 2000 by Lectorum Publications, Inc.
Copyright © 1994 by Marc Brown.
"ARTHUR," "D.W." and all of the Arthur characters
are registered trademarks of Marc Brown.
Originally published in the United States by Little, Brown and Company,
under the title ARTHUR'S FIRST SLEEPOVER.

1-880507-64-1
Printed in Mexico
10 9 8 7 6 5 4 3 2 1

Library of Congress Cataloging-in-Publication Data
Brown, Marc Tolon
    [Arthur's first sleepover. Spanish]
    La fiesta de Arturo / Marc Brown ; traducido por Esther Sarfatti.
        p.   cm.
    Summary: Rumors about sightings of an alien space ship create
excitement when Arthur's friends come to spend the night.
    ISBN 1-880507-64-1 (pbk.)
    [1. Sleepovers–Fiction.   2. Aardvark–Fiction.   3. Animals–Fiction.
4. Spanish language materials.]
    I. Sarfatti, Esther. II. Title.
    [PZ73.B6845   1999]
    [E]--dc21
          99-31983
          CIP

Claro que en cuanto los papás de Arturo entraron en la casa,
se formó el alboroto.

Al minuto, D.W. oyó un golpecito en la ventana.
—¡Extraterrestres! —gritó.
Y su grito fue tan fuerte que lo escuchó todo el vecindario.
Es decir, todos menos Berto, Cerebro y Arturo.
Cuando los papás de Arturo fueron a ver cómo estaban los chicos, éstos dormían como angelitos.

—No —dijo Arturo—, en realidad vine a devolverte
la cámara. Lo más probable es que tú veas un
extraterrestre primero que nosotros.
—Lo dudo —dijo D.W.
—Bueno, por si acaso —dijo Arturo—. Que duermas bien.
Luego, sin hacer ruido, volvió a la tienda.

Más tarde, Arturo entró en la casa sin hacer ruido.
D.W., en la cama, se moría de la risa.
—¿De qué te ríes? —le preguntó Arturo.
—¿Qué haces aquí? —quiso saber D.W.—. ¿Entraste
porque tenías miedo?

—Mira —dijo Cerebro—, ¡la luz viene de tu casa!

—A ese extraterrestre lo conozco yo —dijo Arturo—. Es del planeta D.W.

Al ver las cosas que habían utilizado para hacer los carteles, Arturo tuvo una idea.

—Vamos a volver a montar la tienda. Le vamos a dar una lección a esa pequeña criatura del espacio.

Nadie acertaba a encontrar la salida.

—¡Socorro! —gritó Berto—. ¡Déjenme salir!

La tienda les cayó encima, pero aun así salieron corriendo.

Y chocaron contra un árbol que había en el jardín.

—¡Ay! —dijo Arturo.

—Voy a llamar a mi mamá —dijo Berto.

Justo cuando le tocaba jugar a Arturo, vieron una luz resplandeciente. Las cartas se les cayeron de las manos. Se hizo un silencio absoluto.

—¡Extraterrestres! —dijo Berto.

—No oigo pasos —susurró Arturo.

—Claro que no —dijo Cerebro—. Todavía no han aterrizado.

Otra vez vieron la luz.

—¡Vienen hacia acá! ¡Sálvese quien pueda!

En cuanto oyeron al papá de Arturo entrar en la casa, salieron disparados de los sacos de dormir.

—Dijo que era hora de acostarse —dijo Cerebro—, no dijo que teníamos que dormir.

—Vamos a contar historias de miedo —dijo Arturo.

—¿Por qué no jugamos a las cartas? —sugirió Berto.

A MEDIA LUZ

PARA PEDIR SU PIZZA LLAME AL 55-3211

Al poco rato, escucharon otra voz.

–A apagar la luz –dijo el papá de Arturo–. Ya son más de las nueve. Es hora de acostarse.

–¿Tan pronto? –dijo Arturo.

–Gracias por la pizza, señor –dijo Cerebro.

–De nada –dijo papá–. Buenas noches.

–Buenas noches –dijeron los chicos con dulzura.

—Se están acercando —dijo Arturo—. ¡Qué miedo!
—¡Pizza! —dijo una voz desconocida—. La envían los papás de Arturo.
Todos se echaron a reír.
—Por poco me muero —dijo Arturo.
—Casi casi me mojo los pantalones —dijo Berto.

Los tres se olvidaron de los extraterrestres.
Estaban muy ocupados contando chistes e intercambiando
tarjetas de béisbol.
—¡Pelea de almohadas! —gritó Berto.
—Silencio —dijo Cerebro—. ¿Qué es ese ruido?
—Oigo pasos —susurró Berto.

Cuando terminaron de hacer los carteles, desempacaron.

—Traje algunas cositas para comer —dijo Cerebro.

—Yo traje una serpiente de juguete —dijo Arturo—, para que no se acerque D.W. ¿Y tú qué trajiste, Berto?

—Sólo mis tarjetas de béisbol —dijo Berto—, y mi mantita. ¿Crees de verdad que veremos extraterrestres esta noche?

—No lo creo. ¿Y tú? —preguntó Arturo.

—Muy improbable —respondió Cerebro.

—Olvídate de comunicarte —dijo D.W.—. Toma fotos para el *Increíble Pero Cierto*. Puedes usar mi cámara y luego compartimos el dinero.

—Hagamos unos carteles —dijo Arturo.

—Buena idea —dijo Berto—. Pero primero tengo que llamar a mi mamá.

Arturo buscaba su linterna cuando llegaron Berto y Cerebro.

—Estaba aquí hace un momento —dijo Arturo.

—Quizá vean algún extraterrestre esta noche —dijo D.W.

—Y si vemos alguno —dijo Cerebro—, ¿cómo nos comunicaremos con ellos?

—¿Te cepillaste los dientes? —preguntó papá.

—Y tu habitación estaba hecha un desastre. ¿La recogiste,
señorita? —dijo mamá.

—Está bien, está bien —dijo D.W.

—No te quepa la menor duda, son ellos —dijo Arturo.

El sábado por la mañana, Arturo estaba en el jardín dándole los últimos toques a la tienda de campaña. Su familia lo ayudaba.

—Estaba pensando —dijo D.W.—. ¿Cómo podemos estar seguros de que ustedes son nuestros padres y no unos extraterrestres que han ocupado sus cuerpos?

—¡Yupi! —gritó Arturo.
—¿La mamá de Berto sabe lo de la nave espacial? —preguntó D.W.—.
Hoy vi las luces de una.
—A lo mejor era el anuncio lumínico de la pizzería —dijo mamá.

Esa tarde Arturo le contó a su mamá lo que le había dicho
Berto.

—Bueno, voy a ver qué puedo hacer —dijo mamá.

Mientras ella llamaba por teléfono, Arturo cruzó los
dedos.

La mamá de Berto no dejaba hablar a la mamá de Arturo.

—Sí. No. Por supuesto que no —dijo mamá—.
Absolutamente. Encantada de saludarte. Adiós.

La mamá de Arturo sonrió y asintió con la cabeza.

—Tengo malas noticias —dijo Berto—. Mi mamá piensa que soy muy pequeño para dormir fuera de casa. No me dejará ir a tu fiesta.

—Pero tienes que venir —dijo Arturo—. Tú eres mi mejor amigo. Y además, ya he armado la tienda de campaña donde vamos a dormir.

De camino a la escuela, las niñas hablaban de la nave espacial. Pero Arturo sólo quería hablar de su fiesta.

—¡Podemos dormir en mi tienda de campaña! —dijo Arturo.

—Yo no dormiría afuera por nada del mundo con esas naves espaciales que andan por ahí —dijo Fefa.

Papá se reía al leer el periódico.

—Un hombre de nuestro vecindario dice que vio una nave espacial —comentó papá.

—Seguro que es el mismo que creyó ver a Elvis en el centro comercial —bromeó mamá.

—Yo no creo en los extraterrestres —dijo Arturo.

—Pero el *Increíble Pero Cierto* sí —dijo D.W.— y promete pagar mucho dinero a la persona que consiga fotografiar uno.

Arturo había invitado a sus amigos a dormir en su tienda
de campaña.
—Tus amigos no vienen hasta el sábado —le recordó mamá—.
Ven a desayunar.